追荷闲云

卢斌诗词选

卢斌 著

陕西新华出版
太白文艺出版社·西安

图书在版编目（CIP）数据

追梦闲云 / 卢斌著. -- 西安：太白文艺出版社，2025. 1. -- ISBN 978-7-5513-2835-7

Ⅰ. I227

中国国家版本馆CIP数据核字第2024187V1M号

追梦闲云
ZHUIMENG XIANYUN

作　　者	卢　斌
责任编辑	付　惠　杨钰婷
选题策划	卢凌杰
封面题字	段　冰
封面设计	云南朗吟文化传播有限公司
版式设计	云南朗吟文化传播有限公司
出版发行	太白文艺出版社
经　　销	新华书店
印　　刷	昆明德厚印刷包装有限公司
开　　本	787mm×1092mm 1/16
字　　数	120千字
印　　张	13
版　　次	2025年1月第1版
印　　次	2025年1月第1次印刷
书　　号	ISBN 978-7-5513-2835-7
定　　价	78.00元

版权所有翻印必究

如有印装质量问题，可寄出版社印制部调换

联系电话：029—81206800

出版社地址：西安市曲江新区登高路1388号（邮编：710061）

营销中心电话：029—87277748　029—87217872

撷来一束山茶美，送向诗坛报好春

高　昌

我不善交际，独学而无友，而日以读诗为乐。我喜欢的诗有三种：第一种是直白心声，心心相通；第二种是志存高远，襟抱不俗；第三种是语浅情深，笔法纯净。我读卢斌先生的诗词，就有这种感觉。

卢斌先生与我结识于《中华诗词》杂志的金秋笔会，其人了无机心，其格追想古意，其辞蔼然入世而又芳鲜清纯，给我留下热气腾腾、活力满满、劲头足足的感觉。特别是他论诗喜欢李白的名句"清水出芙蓉，天然去雕饰"，而他自言遣词造句喜欢用通俗易懂、平白如话的语言白描成诗，避免故作高深和艰涩怪僻，追求隽永的诗意、意蕴、意象或意境，力图有灵魂、有哲理、有诗情，给人以哲学的思考、人生的启迪，带来愉快和美的享受……这些想法都切中肯綮，也颇有些让我共鸣和共情之处。

金秋笔会之后，尽管山水相隔，但是诗词仍然如一条看不见的红线，悄悄联结起南北东西……我和卢先生通过微信不时交流，继续交换心中的清怀逸兴，此亦桑麻生涯中的一大快事。近日卢先生铅椠编帙，勒为一卷，出诸箧笥而千里邀序于我，我深感义不容辞而又意有所会，正所谓"撷来一束山茶美，送向诗坛报好春"是也。

卢先生学写诗词缘起1978年秋，那是他第一次到北京，他随时在清华大学读书的姐姐共游香山，登到半山腰时，站在高大葳蕤的松树旁，看到许多学生举着红旗秋游香山，红旗、红叶、红领巾，一片火红映入眼帘。姐姐问："要不要爬到最高峰香炉峰？"他说，爬！于是就有了他的第一首诗：

游香山
红旗红叶满山红，
姐弟攀登干劲冲。
誓越炉峰超五岳，
一心赛过巨青松。

这首七绝格律工稳，中规中矩，而状景精确，抒情豪纵，展示出进取向上的不俗志趣，传达出蓬勃昂扬的精神面貌。写诗的初心和目的，终究还是"在于情感的表达、意象的创造、思想的流露、诗性的追求以及个人的喜好"。自《游香山》发轫，卢先生进入诗词世界，一路笔耕，一路弦歌，他走进生活、体验生活、拥抱生活、感悟生活，从生活中得到灵感，把诗词融入人间烟火的生活，生活因而也就变得生动而有趣起来。他对未来永远充满着美好的期待，从而也就有了一个接一个的"诗与远方"。现在他回头检点诗囊，共得诗词约三百首，诸体皆备，宛然大观，就是现在呈现在读者面前的这本《追梦闲云》。通过《追梦闲云》《挚友》《日照梅里雪山》《建水古城》《九十一岁岳母赏荷》《酒醉歌》《鹧鸪天·寒梅》《好友如茶》《梯田人家》等作品，让我感受到他对生活的热爱，对诗词的热爱，感受到他的热辣滚烫，他的冷静沉思，他的歌声与微笑，他的所思所想和所感所愿。另外我也注意到，《蒙自万亩榴花开》等作品，此前均在我从事编辑工作的《中华诗词》杂志上刊发，而今重读这几首作品，我仍然觉得隽永清新，唤起很多美好回忆，感到非常亲切。

我赞成卢先生的说法："写诗是既享受又艰辛的长途跋涉，当完成一首自己满意的作品时，入睡难眠、殚精竭虑的疲倦即刻就烟消云散，身心无比愉悦轻松，自我陶醉，沉浸在美好中。"是的，人生路上有诗相伴，就好像是一路与春风同行，生活中肯定就会多了不少的色彩、芬芳和希望。卢先生不是专业作家，一直是在生活深处从事业余写作，他的作品对诗词格律技术掌握得比较圆熟，但在词句的具体推敲和技巧的和谐运用等方面，坦言说，也还有一定可以继续提高的空间。老杜曾说"香稻啄馀鹦鹉粒，碧梧栖老凤凰枝"，王安石模仿这种错综技法，写出"缲成白雪桑重绿，割尽黄云稻正青"，清代的邱大祐又写出"梧老凤凰枝上雨，稻香鹦鹉粒中秋"，也受到很多好评。如果卢先生在这种句法上添加一些这类新奇变幻的不言之妙，一定可以为他的诗词创作增加更多的语言魅力。不过话再说回来，诗词技巧可以慢慢体味，而诗词写作的最基本的初心，还是首先在于酣畅淋漓地抒发襟抱和表达感想。我在微信中曾与卢先生深入交流过对于诗的理解，卢先生说："诗既源于生活又高于生活。它不是现实生活简单的复制品，而是现实生活升华的情感花絮，是诗人以诗的方式接受现实印象，并借助幻想活动，在诗的形象中把印象又复印出来，通过诗人独特的艺术感受，去摄取生活中那些诗的元素，并调动自己的联想和想象，注入灵性的感悟，对那些元素进行发酵，进而把诗酿造出来。"这是他诗词创作的一个基本的出发点和落脚点，也是我们走近他的诗路历程、打开他的心灵世界的一把钥匙。

中华诗词事业，现在好像按下了"快进键"，在复苏、复兴、振兴的轨迹上一路飞奔，前进得很快，发展得很好。喜欢读诗词和写诗词的人，确实是越来越多了。缤纷诗园里升腾着人间烟火气，洋溢着蓬勃的新活力，充满着春天的魅力和美丽，形成一道道美丽的诗词风景线。《追梦闲云》向阳而开，寻美而至，正是这美丽风景线中的一个文艺范儿的"微距镜头"。倘若说海量的个人创作汇成一个浩瀚的诗词海洋，而这海洋里的壮丽风光和宏阔背景，也正是由卢先生这样一朵朵带着热爱和温情的欢腾"浪花"所共同组成的。他

捧出这本书，举着芬芳的山茶花来奔赴春天的约会，带着美好的情愫来释放心灵深处的光芒，用直而真、朴而纯的气象展示超功利性的顽强诗意和蝶变心声。他从春城出发，从春天出发，向诗坛奉献一犁绿色的想象和嫣红的构思。他笔下春城的美好生活的气息，红河泥土的浓郁芬芳，家庭氛围的幸福快乐和梦想的绚丽……仿佛也一起来到了我们身边。

在《追梦闲云》付诸剞劂的大喜时刻，谨此赘述以上一些心里话，聊表嘤鸣之情、会心之谊、品赏之乐，同时送上一个远方诗友的真诚祝福和热烈祝贺。

2024年3月20日春分初稿
3月25日于蓟门静安居定稿
（高昌，现任《中华诗词》杂志主编、
中华诗词学会副会长）

目　录

绝　句

追梦闲云…………………………002
春　风……………………………002
挚　友……………………………003
建水古城…………………………003
相依相伴…………………………004
情未央……………………………004
情趣相投…………………………005
谷　雨……………………………005
忆温泉……………………………006
立　春……………………………006
香格里拉普达措国家公园秋景……007
个旧阳山粉黛乱子草……………007
春　来……………………………008
桂花开……………………………008
何　苦……………………………009
昆明建水会馆……………………009
昆明甸尾村水杉林………………010
谷子黄了…………………………010
喜丰收……………………………011
陌上花开…………………………011
与　妻……………………………012
干　杯……………………………012
雅　聚……………………………013

喜　秧……………………………013
登梵净山红云金顶………………014
云雾茶……………………………014
欢　喜……………………………015
峨眉山……………………………015
如　龟……………………………016
参加《中华诗词》第十九届金秋笔会感怀
……………………………………016
祖国颂……………………………017
钟乳石柱…………………………017
蒙自万亩榴花开…………………018
记女儿云南主持虎年春晚………019
加级寨梨花颂……………………019
小　草……………………………020
团山荷花宴………………………020
九十岁岳母欣然坐船畅游异龙湖…021
带九十一岁岳母到异龙湖坐船赏景…021
小学同学聚会……………………022
七月昱兴苑………………………022
喜　鹊……………………………023
酒与茶……………………………023
满相思……………………………024
观　燕……………………………024
泡温泉……………………………025
买新米……………………………025

01

伤　春……………………………026	新　居……………………………039
夏日多依树梯田…………………026	北疆之旅…………………………040
山　溪……………………………027	天池随想…………………………040
红　河……………………………027	红河岸边…………………………041
观谢恒陶坯上画画………………028	巴音布鲁克草原…………………041
旗　袍……………………………028	万种风情喀纳斯…………………042
贺哨冲获"中华传统诗词示范村"称号	花之恋（其一）…………………042
…………………………………029	花之恋（其二）…………………043
趣味健身…………………………029	万亩石榴园………………………043
仁与路……………………………030	赞昱兴苑…………………………044
愿景如莲…………………………030	赏景品茗…………………………044
德天跨国瀑布……………………031	品春茶……………………………045
北海银沙滩………………………031	荷　花……………………………045
巴马长寿岛………………………032	三角梅赞…………………………046
浩坤湖夜色………………………032	舟行异龙湖………………………046
记小学同学………………………033	青绿荷塘…………………………047
建水一中高中同学小聚…………033	庆蚂蚱冲水库工程竣工…………047
梦回一线…………………………034	盼建一中高中入学五十周年同学聚会…048
昱兴苑冬樱花……………………034	柿子熟了…………………………048
幻　境……………………………035	春意盎然…………………………049
拜大年……………………………035	雪花与春花争艳…………………049
流年堪珍…………………………036	秋　收……………………………050
入　眠……………………………036	西北勒种苹果有寄………………050
蒙自冬色…………………………037	牡丹花……………………………051
出院之悦…………………………037	何为贵……………………………051
清晨荷湖…………………………038	人间美味…………………………052
您还好吗…………………………038	蒲公英……………………………052
永远的朋友………………………039	游香山……………………………053

美景相思	053
贺《中华诗词》第十八届金秋笔会	054
闻鸟晨起	054
大理洗马潭海拔3966米处随想	055
日照梅里雪山	055
多彩硕秋	056
日照金山有吟	056
领取养老金认证感吟	057
能喝就是福	057
又见梅花开	058
七夕之夜	058
重温入党誓词	059
美丽红河	059
老朋友	060
春问	060
昙花咏	061
山居观景	061
悼袁隆平院士	062
好友必豪情	062
触景生情	063
咏白鹭	063
红河磷电站	064
辛丑年踏春	064
残荷	065
建水大板井	065
获《中华诗词》优秀作品奖有感	066
走自己的路	066
追逐完美	067
庚子年《中华诗词》第十七届金秋笔会有感	067
黑龙潭枫叶	068
红河庆丰收	068
雪梅赞	069
建水紫陶壶	070
毛衣	070
夕阳红	071
大冲口的童年	071
建水石榴	072
网红草	072
建水一中同学聚会	073
最美在故乡	073
呼唤	074
隐居	074
游梵净山	075
好女孩	075
忆	076
石榴花	076
惜缘	077
蒙自晚霞	077
冬日残荷	078
欢度国庆	078
诗痴	079
美好生活	079
昙花盛开	080
山乡	080
生态美	081

咏　茶 …………………………… 081	人生如梦 ………………………… 098
梯田稻黄 ………………………… 082	故乡五龙湖 ……………………… 099
品　茗 …………………………… 082	建水渊源 ………………………… 100
春　意 …………………………… 083	新疆印象 ………………………… 101
高中毕业三十年同学聚会（其一）… 083	黑梅赞 …………………………… 102
窗前观花 ………………………… 084	次韵敬和马凯先生《翘首好诗兼贺中华诗词学会五代会召开》 ……… 103
梨花吟 …………………………… 084	
红河州博物馆 …………………… 085	高中毕业三十年同学聚会（其二）… 104
遇见小学同学 …………………… 085	故乡建水 ………………………… 105
建水普雄乡藤子寨梨花之约 …… 086	赞"建个元"高速公路通车 …… 106
问　梅 …………………………… 087	特里尔拜谒马克思故居 ………… 107
春　愿 …………………………… 087	建水朝阳楼 ……………………… 108
小学毕业五十二周年有感 ……… 088	笃志力行 ………………………… 109
参加第十五届中国云南普洱茶国际博览交易会 ………………………… 088	红河哈尼梯田 …………………… 110
	九十一岁岳母赏荷 ……………… 112
多情春城 ………………………… 089	梯田农家 ………………………… 113
党校同桌小聚 …………………… 089	金兰痛饮 ………………………… 114
金秋同学聚会 …………………… 090	品茗悟道 ………………………… 115
退休后 …………………………… 090	太　极 …………………………… 116
巴黎亲情胜酒浓 ………………… 091	蒙自三中游泳馆 ………………… 117
巴黎歌剧院 ……………………… 091	游外滩 …………………………… 118
游巴黎凯旋门有感 ……………… 092	首都北京 ………………………… 119
	梯田稻鱼双丰收 ………………… 120
# 律　诗	晨登山 …………………………… 121
	叹短惜今 ………………………… 122
诗意生活 ………………………… 094	喜　诗 …………………………… 123
写　诗 …………………………… 096	桂蕊思故乡 ……………………… 124
路 ………………………………… 097	兰花赞 …………………………… 125

大观楼莲韵 …………………… 126	建水一中毕业五十周年高中同学聚会感怀
知　行 …………………………… 127	…………………………………… 153
清明祭父母 ……………………… 128	
陶醉山良 ………………………… 129	## 杂言诗
深山赴宴 ………………………… 130	
高中入学五十周年同学聚会 …… 131	好友如茶 ………………………… 155
黄龙寺 …………………………… 132	再到个旧丫沙底 ………………… 156
游中草药种植基地 ……………… 133	干　杯 …………………………… 156
诗人小康 ………………………… 134	大冲口村头万年青树 …………… 157
庆祝结婚四十周年 ……………… 135	入　眠 …………………………… 158
北京冬奥会 ……………………… 136	豪　饮 …………………………… 158
虎年咏虎 ………………………… 137	非想而得 ………………………… 159
彩色时光 ………………………… 138	相　遇 …………………………… 159
美丽新农村 ……………………… 139	彝山竹海 ………………………… 160
建水十七孔桥 …………………… 140	苦与乐 …………………………… 160
忆丫沙底瀑布温泉 ……………… 141	梯田人家 ………………………… 161
世外桃源坝美村 ………………… 142	游　泳 …………………………… 162
辛丑年云南春晚观感 …………… 143	笔之用 …………………………… 162
酒醉歌 …………………………… 144	冬　泳 …………………………… 163
父　亲 …………………………… 145	上　坟 …………………………… 164
老　师 …………………………… 146	遇　见 …………………………… 164
高中毕业四十六年同学聚会 …… 147	雪　泳 …………………………… 165
雨中漫步 ………………………… 148	早春桃花开 ……………………… 166
茶 ………………………………… 149	圆通樱潮 ………………………… 167
红河州一中游泳馆 ……………… 150	罗平油菜花海 …………………… 167
贺景迈山荣获全球首个茶主题世界文化遗产	鸟不觉晓 ………………………… 168
…………………………………… 151	眷　恋 …………………………… 168
师生情缘 ………………………… 152	咏抚仙湖 ………………………… 169

雨游莲花池……169
梯田朋友……170
临安古宅……170
彩莲河边……171
咏野花……171
蝴蝶谷古树茶……172
空中云马……172
问　月……173
建水美食……173
谢恒与友……174
寺中茶……174
美……175
生　肖……176
孝　顺……177
元阳梯田……178
乡　愁……180
花　落……181
草　原……182

词

摊破浣溪沙·云南梨花谷……184
鹧鸪天·寒梅……184
满江红·贺红河州委党校建校七十周年……185
鹧鸪天·单相思……185
鹧鸪天·退休……186
浣溪沙·部分小学同学毕业四十九年后合影……186
浣溪沙·童年情……187

追梦闲云

◆
绝句
◆

追梦闲云

家鸡无食忧，
野鹤有粮愁。
若问生存道，
皆知重自由。

春　风

吹绿千山树，
繁开万里花。
蜂飞蝶共舞，
相伴到天涯。

挚 友

东西两地远，
心近自然短。
万里路程遥，
只如隔土坎。

建水古城

夜步霓虹里，
悠哉到我家。
途经十古迹，
壮美众人夸。

相依相伴

绿树桃林鸟,
红花醉蜜蜂。
玉兰香诱众,
热恋润颜容。

情未央

暮日未甘休,
花凋为我愁。
闲来思旧念,
往事涌心头。

情趣相投

相邀聚哨冲,
韵律赋心同。
梦蕊枝芽冒,
诗花来日红。

谷 雨

春终雨渐多,
种稻满山坡。
润谷青苗壮,
丰收望酒酡。

忆温泉

难忘温泉水，
泡出甜蜜花。
舒筋入仙梦，
幻影走天涯。

立 春

昨夜冬终去，
今晨春已来。
枝头芽涌动，
草木百花开。

香格里拉普达措国家公园秋景

层林皆幻色,
秋叶若金黄。
人在画中走,
牛肥马亦狂。

个旧阳山粉黛乱子草

阳山火焰烧,
红海涌新潮。
绚烂成诗韵,
熏出美女娇。

春 来

春雷悦耳隆，
好雨适时浓。
一夜千枝绿，
山青万树红。

桂花开

日落塔楼台，
漓江桂蕊开。
相思花月下，
未见故人来。

何 苦

天天听夜雨，
月月望花痴。
若问相思苦，
喝完胆液知。

昆明建水会馆

临安古韵纯，
省会效其魂。
燕聚城楼上，
呢喃蜜语深。

昆明甸尾村水杉林

深冬遇暖红,
倒影映湖中。
陶醉水杉镜,
凝神见玉容。

谷子黄了

秋游梯稻田,
喜悦挂心间。
沐浴金光里,
丰收又一年。

喜丰收

雨过千梯灿,
风吹稻穗香。
喜观金色岭,
笑见满粮仓。

陌上花开

嫩叶一枝新,
花红盖四邻。
争相抬首看,
自愧不如君。

与 妻

莫叹渐珠黄，
情浓爱未央。
姮娥虽貌美，
难比我妻香。

干 杯

世上知音少，
不喝情难了。
请君干一碗，
灌醉好逍遥。

雅 聚

友聚香茶润,
声稀笑语低。
诗歌凭酒兴,
吟唱自痴迷。

喜 秧

地气秧苗始,
炊烟命脉依。
辛勤浇汗水,
粒满有收期。

登梵净山红云金顶

险路入云端，
攀登不惧难。
惊心危处过，
天上不胜寒。

云雾茶

芽冒岚烟处，
摘收涧谷深。
杯装千岭碧，
饮尽满壶春。

欢 喜

山良陶舍处,
仙女下凡来。
禅茗升歌舞,
柴烧花盛开。

峨眉山

金顶现佛光,
福来翠梓桑。
晨钟声祷告,
禄寿喜相长。

如 龟

比赛悠悠步，
龟终胜利来。
安康长寿命，
也有富翁财。

参加《中华诗词》第十九届金秋笔会感怀

一股清流奔海洋，
途中幸运遇高昌。
先生授道解诗惑，
如沐春风续远航。

祖国颂

三江五岳迎高铁,
导弹欢腾傲浩穹。
四海神州皆丽日,
柴门无处不春风。

钟乳石柱

阳光雨露终遗顾,
久漫滴出象万千。
石柱嶙峋虽瘦弱,
也撑锦绣半边天。

蒙自万亩榴花开

馨风烂漫过楼台,

浓绿娇羞绛焰开。

万碧丛中星火照,

红裙疑似故人来。

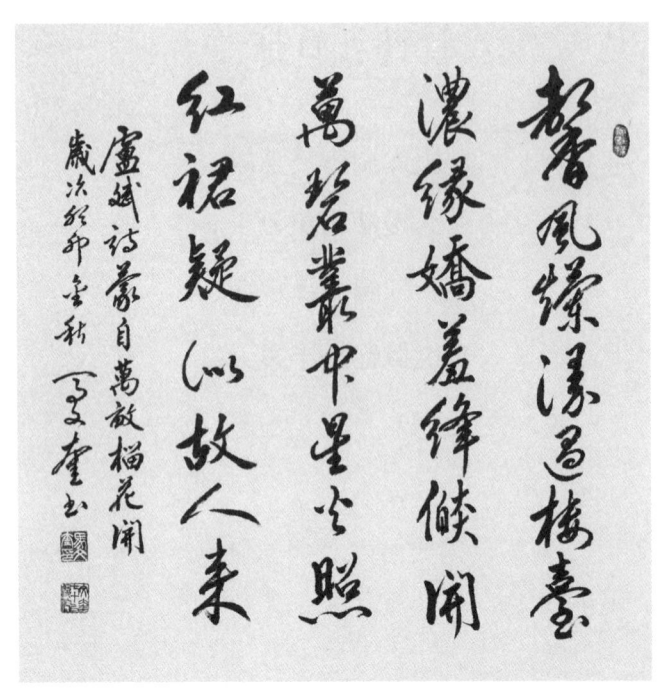

原红河学院党委书记、著名书法家马文奎先生书

记女儿云南主持虎年春晚

昂扬阔步金牛去,
击鼓催征玉虎来。
又是春风春晚会,
女儿一步一楼台。

加级寨梨花颂

纷飞玉蝶落停枝,
满树冰清入画诗。
十里飘香山寨外,
随风循味到瑶池。

小　草

不羡玫瑰灿吐香，
难成大树愿寻常。
春风拂过新芽茂，
乐为千山披绿装。

团山荷花宴

团山荷宴味归真，
莲叶包鸡菜有神。
菡萏红花胜饕餮，
吃喝还到此乡村。

九十岁岳母欣然坐船畅游异龙湖

年华九秩荡渔舟,

菡萏欣开迎客游。

浪漫并非年少事,

高龄照样乐飘悠。

带九十一岁岳母到异龙湖坐船赏景

荷花万朵满龙湖,

鲜嫩粉红泥未污。

五彩斑斓长画卷,

舟行娘坐景添图。

小学同学聚会

相知六秩见真金，
如水之交贵百寻。
不为佳肴常聚会，
只求重找少年心。

七月昱兴苑

万朵盛开吹进窗，
满屋浓郁桂花香。
院中芳馥家家醉，
堂上温馨度日光。

喜 鹊

枝头翘首叫喳喳,
喜讯先觉报主家。
贵客吉祥将驾到,
佳肴美味备春茶。

酒与茶

天生豪放三杯酒,
地作斯文一盏茶。
武艺书香兼互备,
杜康普洱享年华。

满相思

佳人入梦又匆匆,
泪醒推窗见杏红。
叹问天公何片刻?
千思万绪漫苍穹。

观 燕

燕子春回田野间,
飞来飞去总魂牵。
痴心且看翔何处,
自古多情最可怜。

泡温泉

玫瑰浸泡水中眠,
闭目闲心静享泉。
安得柔情常煦润,
悠然日子胜神仙。

买新米

九月梯田尽染辉,
稻香阡陌穗丰肥。
欲吃新米须来早,
收谷尝鲜莫久违。

伤 春

暄风送我到瀛洲，
万紫千红百鸟啾。
景色年年花照样，
芳华逝水付东流。

夏日多依树梯田

梯田叠翠满哀牢，
墨绿秧稞起浪潮。
放眼凝眸呆半日，
轻纱浮寨雾妖娆。

山　溪

深山碧翠眼眸清，
泉水叮咚石上行。
一路欢歌奔大海，
永前方向笃坚明。

红　河

赤水蜿蜒逐浪高，
红河落日彩哀牢。
东南出岫千余里，
向海奔流起浩涛。

观谢恒陶坯上画画

方家陶上绘丹青,
云海梯田坯面行。
村寨花香随笔走,
清溪鸟语画中听。

旗　袍

古色今香窈窕姿,
三围称体赛西施。
轻盈漫步腰肢细,
倩影娇柔令众痴。

贺哨冲获"中华传统诗词示范村"称号

端午哨冲词满园,
诗家齐聚挂牌喧。
洼居翠绿山峦秀,
梨硕文丰百草妍。

趣味健身

野外河边练太极,
山青水绿彩云低。
开呼吐故合吸纳,
手走眼随身病离。

仁与路

人生哪会全平路，
曲直高低才是真。
幸运相随仁义信，
心怀善念四时春。

愿景如莲

退休闲度已七年，
媒体相约摄镜前。
旧事今翻新作曲，
担心说错误诸贤。

德天跨国瀑布

同山一水两国帘,
共地双青异域缘。
目送江河流大海,
边民和睦起炊烟。

北海银沙滩

大海烟波无际边,
天涯辽阔有情缘。
花开浪起侪相聚,
苦短人生愿似莲。

巴马长寿岛

长命难求百岁年，
体康魄健愿成仙。
水源空气未能带，
唯具仁心寿有缘。

浩坤湖夜色

梦中仙境隐然来，
两朵玫瑰笑靥开。
无限遐思心作絮，
峰山忽现令人呆。

记小学同学

缘做同窗情贵金，
少年故事意无垠。
相知六秩未觉老，
不尽千秋续本心。

建水一中高中同学小聚

半世春秋瞬眼间，
曾经孔庙度学年。
先师殿里习先圣，
今日郊游情愫欢。

梦回一线

机声震耳闹争先,
行吊车忙竞比肩。
宿舍窗前枞菌冒,
幼苗渐壮牡丹妍。

昱兴苑冬樱花

点染小区别样红,
笑迎业主俯身躬。
年前春意痴情放,
娇色为谁献玉容?

幻　境

邂逅伊人情谊浓，
欢心而泣蜜相拥。
人流如蚁心无骛，
泪醒原来是梦空。

拜大年

亲朋助我越山川，
载酒千樽拜大年。
祝愿君形皆似梦，
蓝图景色显新篇。

流年堪珍

祖先曾见今时日，
今日无光照古翁。
短暂人生驹过隙，
每添岁月倍争丰。

入　眠

竹林深处瑟轻弹，
静谧悠音曼妙传。
脑里抛开诸眷念，
心清无挂梦乡眠。

蒙自冬色

南疆已遍艳樱花,
北国还无嫩叶芽。
四季如春归宝地,
千红万紫是咱家。

出院之悦

花艳阳高去痼疾,
天蓝鸟唱庆归期。
云开草碧心春至,
雨过红霞万象吉。

清晨荷湖

沾露花苞叶绿肥,
娇柔白鹭久相违。
蜻蜓迷恋嫣红色,
停立芙蓉不肯归。

您还好吗

未曾谋面数冬春,
戏水相知碧玉纯。
容貌脑中依过去,
如今模样像何人?

永远的朋友

前世修来挚友情,
几多故事脑中萦。
时光流过人依旧,
天地悠悠共渡瀛。

新　居

新居万丈入云霄,
只距天宫半步遥。
摆上桂花一罐酒,
请来仙圣把杯交。

北疆之旅

一路风光一路花,
满山绿毯满山崖。
相约同事画中走,
朝看阳出晚看霞。

天池随想

天山脚下是天池,
王母娘娘展凤姿。
陶醉男儿千百万,
有情才会令人痴。

红河岸边

红河两岸木棉红,
炬映天光似血浓。
一片丹心多气壮,
钟灵毓秀尽英雄。

巴音布鲁克草原

绿绿幽幽青草茂,
弯弯曲曲碧河流。
蓝天骏马奔驰劲,
白日苍鹰旋绕悠。

万种风情喀纳斯

林间彩带是条河,
碧水欢声唱赞歌。
山黛天蓝舒画卷,
金银山论造福泽。

花之恋

(其一)

落红满地相思泪,
泪水流干花不悔。
悔不芬芳艳丽时,
时值月貌向君美。

花之恋
（其二）

落红满地相思泪，
流尽伤心花不悔。
笃信中秋月最明，
飘飞如雨也凄美。

万亩石榴园

多福多子挂林梢，
蜜恋相拥共锦袍。
一片灯笼红似火，
风中摇曳坠弯腰。

赞昱兴苑

独坐窗前视野开,
千花万树入眸来。
区中蓊蔼绿如玉,
满目青红任我裁。

赏景品茗

东门楼上看湖亭,
滟潋微波柳树青。
相坐品茶说趣事,
飞来燕子叙离情。

品春茶

古树春芽枝蓊蔼,
桃红梨蕊满山开。
喜将新茗银壶瀹,
尽是馨香满室来。

荷　花

湖清叶绿嫩芙蓉,
一片祥和映碧空。
菡萏若无泥垢养,
焉能出水露娇红。

三角梅赞

三角梅颜红似锦，
热诚艳丽赤灼灼。
燃烧醉倒看花客，
一片浓情盛意多。

舟行异龙湖

水映流云菡萏香，
千花倒影动山庄。
船从红绿蓝天过，
吾在湖中叶下忙。

青绿荷塘

满目清新千伞绿,
露珠叶上蓝如玉。
花苞屹立似青年,
朝气蓬勃犹冉旭。

庆蚂蚱冲水库工程竣工

郁郁白诗大箐河,
潺潺流水奏新歌。
岚烟袅袅平湖醉,
玉露涓涓润目则。

盼建一中高中入学五十周年同学聚会

半世春秋瞬眼间,
曾经孔庙度学年。
先师殿里几时聚?
一醉方休哪月欢?

柿子熟了

枝头挂满小灯笼,
水绕乡村似画中。
别墅门前栽柿树,
脱贫致富火般红。

春意盎然

醉在千红万紫中，
君行花海嗅香风。
晓时鸟唱枝头闹，
坪草发芽春又逢。

雪花与春花争艳

初春百卉盛滇开，
喜降银装耀眼来。
六瓣冰斓晶莹透，
鲜花白雪共登台。

秋　收

秋色金黄稻飘香，
秆儿粗壮穗儿长。
收镰谷子盈车载，
摞似堆山垛像岗。

西北勒种苹果有寄

地贫人穷乱石堆，
脱贫决战剑锋催。
荒山种下香甜梦，
盛产同干酒百杯。

牡丹花

倾城国色粉胭红，
簇蕊娇香落雁同。
爱艳欣姿须趁早，
今朝别过恐无逢。

何为贵

未历挫折难大任，
曾经患难懂珍惜。
春风借问何为贵？
携手夫君与老妻。

人间美味

火烟浓烈汽锅鸡,
满汉佳肴试比低。
年饭差其终憾事,
能尝此味与仙齐。

蒲公英

无拘无束走天涯,
遍撒山川治病花。
抗菌清凉分万户,
人间无恙我为茶。

游香山

红旗红叶满山红,
姐弟攀登干劲冲。
誓越炉峰超五岳,
一心赛过巨青松。

美景相思

天蓝日丽白云飘,
峦翠江清船橹摇。
岸上桥边依别后,
音书恨没到今朝。

贺《中华诗词》第十八届金秋笔会

中诗笔会聚屏开，
大腕方家授道来。
雅客师朋花竟放，
千红万紫闹骚台。

闻鸟晨起

小区破晓树林中，
百鸟飞来练唱功。
笑语欢声音不断，
拉窗天色淡朦胧。

大理洗马潭海拔 3966 米处随想

玉局峰处胜高天,
壮士豪杰志立尖。
坐看苍山岚雾起,
欣观盛事美如莲。

日照梅里雪山

玉体冰清神殿宫,
尊颜雾罩掩纱中。
天晴日映鎏金亮,
绝色辉煌气度宏。

多彩硕秋

历史长河永续流,
光阴无尽未知休。
若疑换景人生路,
短暂多姿是硕秋。

日照金山有吟

梅里雪峰黄炫丽,
飞来对面耀金山。
天恩幸运非拥惰,
大道酬勤苦尽甘。

领取养老金认证感吟

摇头张嘴动颌巴,
气顺舒心品好茶。
斗转星移人健在,
祝君长寿百年拿。

能喝就是福

花开花落又一春,
白发增丝皱更深。
无恙能喝三两酒,
依然还是幸福人。

又见梅花开

又遇梅花竞俏颜，
佳人依旧美如仙。
红妆醉舞轻歌唱，
泣瓣飘零载酒还。

七夕之夜

月上高楼自倚窗，
银河远眺惹忧伤。
相思苦水流无尽，
幸有微屏解梦长。

重温入党誓词

举手端庄紧握拳,
初心牢记誓言宣。
民安国盛担为命,
信念常青事业甜。

美丽红河

"三千四百"见颜容,
秀色红河季季浓。
无限春光看不尽,
出门便进画图中。

老朋友

今逢五秩早识尊,
往事桩桩尚剩温。
少小相交情似旧,
鬓霜故友胜新人。

春 问

春风一夜杏花开,
燕子衔泥哪日来?
水满情深关不住,
清流四季筑窝台。

昙花咏

芳香一瞬去匆匆，
美妙何须百日红。
缱绻心交成久远，
倏忽也胜意无穷。

山居观景

青青苗绿袅岚烟，
虫鸟轻歌在面前。
喜看微风山野阔，
云舒雾卷醉诗仙。

悼袁隆平院士

禾下乘凉梦寐求，
杂交水稻巨丰收。
九州从此无饥饿，
感戴隆平愿景酬。

好友必豪情

白干盏里透香甜，
醇厚柔和咽润绵。
挚友相逢须海量，
多斟豪饮自无言。

触景生情

柳绿花红思烂漫，
枝繁叶翠忆风流。
蜂飞蝶舞心舒笑，
鸟唱蛙鸣念旧游。

咏白鹭

穿扮白衣水草间，
啾啾娇媚舞翩跹。
高挑身影婷婷立，
一笑一颦似遇仙。

红河磷电站

南溪河涌箐含烟，
绿水青山在榻前。
晨泳葱茏泡碧翠，
安康愿似树千年。

辛丑年踏春

春风扑面百花开，
兴致相邀踏浪来。
万亩桃油鲜怒放，
馨香万缕醉谁怀？

残 荷

翠绿干枯傲骨留，
芳华伟岸未甘休。
春来又碧蜻尖角，
夏烈塘红再劲道。

建水大板井

岁月深痕挂井边，
千磨万砺爱无言。
西门豆腐香天下，
只为清汪矿水甜。

获《中华诗词》优秀作品奖有感

新抽嫩绿宋唐芽，
诗海添鲜艳丽花。
邮驿飞鸿元旦报，
举杯庆贺煮红茶。

走自己的路

人生未必每时红，
勿羡山巅溢彩浓。
遇水搭桥无反顾，
千江路远总成龙。

追逐完美

海阔天高皆画意，
山清水秀尽吾情。
唐诗宋韵抒风雅，
语不新奇我自惊。

庚子年《中华诗词》第十七届金秋笔会有感

解惑消疑在顶端，
诗山词海撰新篇。
铿锵韵律师犹在，
点木成金境地宽。

黑龙潭枫叶

龙潭泉涌碧蓝欢,
似火如荼烈艳天。
锦簇深红冬日闹,
相思绚烂醉无眠。

红河庆丰收

浩瀚梯田熟稻黄,
金波潋滟碧空香。
神清气爽人生醉,
蛙叫蝉鸣庆丽章。

雪梅赞

雪嵌梅花彰雅贵，

蕊开素裹溢香红。

虽惜结伴忽飘去，

却驻春心四季浓。

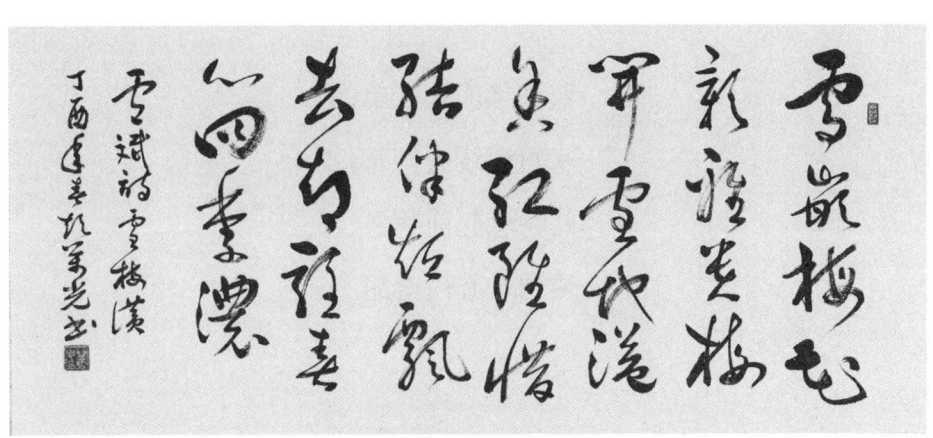

绝 句

书法家彭万光先生书

建水紫陶壶

五色泥巴塑体胎,
阴雕阳补赴窑台。
涅槃浴火新生命,
无釉磨光翘楚来。

毛 衣

四秩年前布袄单,
八姮织线去吾寒。
此时念起前馨事,
热到今心尚蜜甜。

夕阳红

青春岁月似丹枫，
年迈冰霜翠玉同。
旭日朝霞虽灿烂，
妖娆还是夕阳红。

大冲口的童年

夕阳西下村头坐，
大树沟边闻鸟鸣。
牛倦人息听故事，
夜来怀望数星星。

建水石榴

钻石紧抱簇成团,
富丽灯笼叶下悬。
玛瑙殷红开口笑,
珍珠馔玉适酸甜。

网红草

情深海处话风流,
百味千姿万转头。
粉黛胭红心圣地,
魂牵愫暮忆甜稠。

建水一中同学聚会

昔日先师殿树旁，
今朝建水荷花香。
大桌席间说前事，
滋味千般酒里尝。

最美在故乡

天下云游去远航，
寻芳觅胜遍洲洋。
千花万景亲经后，
亮丽风光在故乡。

呼 唤

山峰顶处唤芳名，
贯耳声声渐远聆。
多少相思融雨雾，
风吹旷野有谁听？

隐 居

深岚密岭赏风台，
万碧云纱拂面来。
翠嶂深居拥静谧，
清新润肺远尘埃。

游梵净山

滇黔日驾千余里,
梵净山中有菩提。
善念心岚经万事,
佛光照佑自成溪。

好女孩

丫头处世梦纯真,
清澈晶莹不染尘。
与世无争离俗世,
真心不负有情人。

忆

常忆湖边石凸桥，
倚肩入梦美飘飘。
山清水秀依依柳，
欲放花香醉客遥。

石榴花

艳丽群芳亮瀚坤，
天生神韵惹人魂。
满山绛色红如火，
美妙身姿醉岁春。

惜　缘

恋鸟樱花醉眷人,
绝伦美丽再无臻。
吝惜当下撩人色,
伴靠相依度世尘。

蒙自晚霞

漫步南湖雅兴浓,
晚霞轻抹半天红。
彩呈祥瑞流云处,
玉宇人间岁月丰。

冬日残荷

枯枝傲立向朝阳，
立地寒冬斗志刚。
落尽繁华神韵在，
胭红无胜素颜妆。

欢度国庆

春秋七秩大年华，
广袤神州处处花。
万里江山红艳艳，
欢歌笑语舞朝霞。

诗　痴

山水青青绿绿田，
百花果树满家园。
若无诗句心牵挂，
便是清幽好入眠。

美好生活

知足运动乐而康，
万路千书度岁光。
好友如茶常雅聚，
吟诗酌酒对夕阳。

昙花盛开

花开遇见去匆匆,
自在随缘厚意浓。
凋谢飘零须勿问,
为谁艳丽为谁红?

山 乡

群鸟喧歌幽静地,
汪汪狗叫闹村迟。
邀杯尽论桑麻事,
勤快茶丰绰有食。

生态美

碧水蓝天绿满崖，
啾啾白鹭草中蛙。
柳丝霭霭通幽处，
老幼闲人赏百花。

咏 茶

袅绕馨香透紫陶，
芽尖岁月水流漂。
悲欢甘苦汤中味，
淡看沉浮忘落潮。

梯田稻黄

道道田畴金重浪，
躬身谷穗稻飘香。
秋黄旷野撩人醉，
朵朵红霞笑满仓。

品 茗

清溪密树品香茗，
沐浴霞光化我灵。
富贵情仇皆过往，
禅茶一味自心宁。

春　意

嫩叶枝芽细小绒，

村间喜鹊闹田中。

春风烂漫多情过，

一夜吹成万树红。

高中毕业三十年同学聚会

（其一）

花开花落几春秋，

岁月无痕水自流。

天各一方三十载，

联欢又为别离愁。

窗前观花

缅桂飘香细品茶,
窗前闲坐静观花。
枇杷硕果枝头坠,
怒放玫瑰赛彩霞。

梨花吟

春风送煦盛枝丫,
梨树银装裹素纱。
秀色可餐加级寨,
美呆醉客万千家。

红河州博物馆

青花古币古尘埃,
历史时空入目来。
万代光阴驹过隙,
珍稀宝贝永花开。

遇见小学同学

儿时一梦夕阳红,
各自天涯奋斗中。
耳顺过冬方邂逅,
风发少年变诗翁。

建水普雄乡藤子寨梨花之约

四面环山翁蔼葱,
藤条坠翠喜相逢。
梨花万树弥天矙,
瓣落缤纷雪与同。

书法家黄新国先生书

问　梅

雪花红蕊报春开，
万物萌发释愫怀。
敢问落英何去处？
只缘日日梦中来。

春　愿

佳节轸念故交人，
只为真情似海深。
请到春风衷祝你，
安康富贵进家门。

小学毕业五十二周年有感

白驹过隙少成翁,
几度朝霞几晚红。
苦辣酸甜皆往事,
如烟似梦又如风。

参加第十五届中国云南普洱茶国际博览交易会

班章易武凤凰窝,
景迈昔归冰岛沱。
半日喝全茶韵味,
神仙也羡俺临博。

多情春城

登高作赋自猖狂，
对月题诗桂吐芳。
花草填词无暑冻，
江湖弄曲有馨香。

党校同桌小聚

南湖赤色染侪心，
檐下两年一世亲。
岁月沧桑一起走，
生涯诗酒共欢吟。

金秋同学聚会

孔庙桂花书院香，
繁花似锦万千黄。
秋风报送相邀讯，
来聚丰收喜气洋。

退休后

昔日风光成故事，
今朝暮色淡烹茶。
闲观后者云霄舞，
静赏英姿品皓华。

巴黎亲情胜酒浓

巴黎行旅姐当东,
血脉相连酒六盅。
浓烈醇醪心暖醉,
他乡倍感意无穷。

巴黎歌剧院

折衷元素歌楼院,
艺术铺菜墙满面。
浪漫情怀画意真,
揪人入梦长思恋。

游巴黎凯旋门有感

欢呼胜利入旋门,
试卷犹铺作写真。
对错高低民众断,
薄冰履步慎答文。

◆ 律 诗 ◆

诗意生活

坐绿木山清，
听蛙鸟鹿鸣。
闻花芳草味，
看水碧空鹰。
赏日风秋月，
说诗酒柳情。
画梅兰菡萏，
行雨雪飘零。

律 诗

云南省书法家协会理事、云南省美术家协会雕塑艺委会副主任谢恒先生书

写　诗

深更虑韵章，
忽现一灵光。
切切急身起，
匆匆敲键忙。
只知心里热，
不觉手尖凉。
复睡眠难入，
清晨又梦乡。

路

认定远方向，
兼程雨露餐。
登峰行万里，
越岭过急滩。
世上无艰事，
生活有梦欢。
足为更遥路，
人是最高山。

人生如梦

百岁露珠干，
千秋指瞬弹。
万山如过隙，
四海若飞檐。
人走惊无信，
侪思问九天。
随心无憾事，
日子便斑斓。

故乡五龙湖

苍穹朗气清，
湖面镜波平。
天是家乡蓝，
溪同云水清。
五龙飞万里，
惠历①跃群英。
酒乃原浆净，
纯浓故土情。

---

① 惠历：建水县古称。

建水渊源

水浩步头逐浪高,
芙蕖芦苇客船摇。
川流不断千帆过,
鱼鸟浮空百里翱。
惠历无边青翠绿,
临安满目玉枝娇。
名城古韵深冬暖,
建水繁花春雨浇。

新疆印象

山青芳草绿,
河碧水流长。
滋润田肥沃,
苍茫树茂香。
牛羊游翠色,
瓜果坠夕阳。
疆域多辽阔,
风云见彩妆。

律诗

黑梅赞

黑梅雪瑞开，
愉悦悄然来。
桥傍肩依梦，
江边首入怀。
黑梅欢烂漫，
山水恋徘徊。
景象如诗画，
心甜始润侪。

次韵敬和马凯先生《翘首好诗兼贺中华诗词学会五代会召开》

大爱初心志，春风化雨声。
诗歌讴盛世，雅韵颂真情。
僻壤消贫变，城乡旺富萦。
牡丹花怒放，举国共欢鸣。

附马凯先生原玉 翘首好诗兼贺中华诗词学会五代会召开

时代风云事，人间爱恨声。
罗胸生意境，信笔涌真情。
气畅清泉落，弦谐雅瑟萦。
齿香别有味，心动自和鸣。

高中毕业三十年同学聚会

（其二）

毕业难相聚，

今生学友缘。

青春相去后，

年迈互回前。

岁月茶中泡，

芳华酒后延。

今朝挥手泪，

痛饮是何年？

故乡建水

孔庙书声远，
香风拂万家。
文儒熏紫玉，
陶品耀中华。
漫步龙湖岸，
悠哉古巷茶。
临安如此好，
何必走天涯。

律诗

赞"建个元"① 高速公路通车

万壑深崖峻岭高,
相闻鸡犬路途遥。
螺旋隧道钻天洞,
龙卧红河跨岸桥。
三地通衢山堑越,
四方千嶂水空飙。
腾云驾雾观光去,
喜乘东风弄大潮。

---

① "建个元":指建水县、个旧市、元阳县。

特里尔拜谒马克思故居

巨著慧灯明,
燃光照暗行。
千军驱马骋,
四海卧龙腾。
寰宇东西荡,
神州内外惊。
连绵天落雨,
邂逅世初晴。

律诗

建水朝阳楼

丹凝霞蔚一名楼,
六百烟云春复秋。
浩荡金钟传雅韵,
呢喃紫燕唱风流。
朝阳半榜荣千代,
新月圆图誉九州。
雄镇东南疆域固,
古城犹插战旗稠。

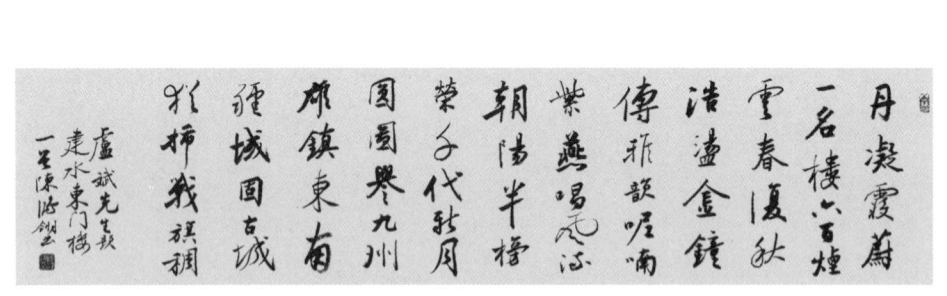

原云南省书法家协会副主席、中国书法家协会会员陈鸿翎先生书

笃志力行

登高望远续初心，
天下为公济庶民。
薪火相传今未变，
诗情犹寄故先吟。
中期世纪强国路，
后景春风大道林。
勠力同心齐奋斗，
青牛紫气遍黄金。

律诗

红河哈尼梯田

梯田四季千幅画,
雾海飘移万首诗。
日照斑斓生雅韵,
波光锦绣现清词。
春苗嫩绿登峰赋,
秋果深黄痛饮时。
大野婆娑天路阔,
云烟袅袅令人痴。

律 诗

中国书法家协会会员、全日本华人书法家协会副主席段冰先生书

九十一岁岳母赏荷

岳母欢心笑坐船,
香风十里赏荷莲。
一湖绿伞时轻舞,
四处红蜓共戏跹。
玉蕊娉婷频作意,
枝头窈窕竞争妍。
游中菡萏羞歌颂,
绝色芙蓉老寿仙。

梯田农家

家住高山静谧幽，
清溪门下绕村流。
野花斗艳开欢靥，
林鸟多情亮雅喉。
绿满梯田听雨露，
云生草木醉人眸。
邀来暮霭为宾客，
把酒桑麻话九秋。

金兰痛饮

素友相欢聚一堂,
粗茶淡饭酒飘香。
推杯换盏千言少,
笑语盈盈情意长。
高唱春天新故事,
低吟雨露润诗章。
胡吹海侃舒胸臆,
愉悦时空体健康。

品茗悟道

班章适量倒陶壶，
袅袅樟香贯满屋。
静享两村金嫩色，
轻呷一口味甘足。
杯装雨露兰花草，
盏饮春秋绿叶珠。
喉韵高深馨透彻，
生津久远有甜福。

律诗

太 极

以心行气遍身躯，
灵感顶头悬竖余。
上下相随流似水，
阴阳正对舞如曲。
静同山岳胸拔背，
动若江河海泳鱼。
猫步挪移轻起落，
抽丝运气去疾虚。

蒙自三中游泳馆

若水精华入运蒙，
三中恣泳喜相逢。
游龙溅起雪花浪，
翔凤飘浮风雅容。
自在徘徊行处乐，
悠然俯仰向前冲。
身心健魄真金贵，
无恙来人事业丰。

律诗

游外滩

霓虹星耀睹思深,
麻密穿梭是客轮。
房起如林疑自动,
人流似蚁为谁奔?
修身利禄随缘意,
得道生涯一世春。
币少心牵多善事,
胸存禅念汝同噉。

首都北京

蓟城已越数千年，
岁月悠悠亘久绵。
六驻帝都风水地，
百回王气古今颜。
故宫院内辉无尽，
广场门前众共欢。
红叶塞垣殷似火，
天坛祷告未来甜。

律诗

梯田稻鱼双丰收

金色阶梯尤灿烂,
仙宫亦漫稻花香。
鲫鱼田闹禾杆动,
穗子风吹波浪狂。
异彩山川醉明月,
深秋谷海胜春光。
吴刚捧出粟清酒,
天上人间庆盛粮。

晨登山

雄鸡高唱唤朝阳，
锻炼耆年上翠冈。
苔径出花穿竹海，
衣裳沾露带梅香。
鸟啼燕语蝉鸣静，
泉响蛙声蝶舞狂。
道路崎岖烟雾里，
纳新吐故健而康。

律诗

叹短惜今

人生百岁昙花现，
朝露须臾怎奈何？
叹短争先登极顶，
惜今有道奏高歌。
君行尽事随天意，
日暮无声映海河。
酌酒吟诗游世界，
煮茶养性任蹉跎。

喜　诗

青春豪放诵诗词，
陶醉听音令众痴。
耳顺悠闲钻韵律，
心清自在度年时。
红尘爱恋增修养，
白昼相思算藻辞。
付梓欢欣发网上，
千金敝帚是家诗。

律诗

桂蕊思故乡

月桂凡来满院香，
灵空气韵醉心房。
葳蕤密叶万千绿，
旖旎繁花无数黄。
月照中秋芳树动，
风摇好景美人徨。
娟娟金粟为谁艳？
片片木樨思故乡。

兰花赞

国香陋室几盆栽，
静秀轻柔馥郁来。
沁肺清新奇灿蔚，
推窗婉丽雅娇裁。
兰茗四季皆如画，
翠叶全年总似苔。
世上无花连月有，
仅存幽草日常开。

律诗

大观楼莲韵

初秋菡萏万花红,
荷卷欲舒千浪重。
湖面波光霞潋滟,
风中莲朵色朦胧。
蓝天绿叶秾华翠,
靓女芙蕖妖艳浓。
并蒂雨船香满路,
鸳鸯恋水戏芙蓉。

知 行

红河咆哮浪滔滔，
河水奔腾向麓牢①。
州委推崇华夏梦，
务实燮理典章教。
党旗猎猎迎霞展，
校训深深入路标。
教育诸君坚笃信，
师出必胜凯歌嚓。

---

① 麓牢：指哀牢山南麓。

律诗

清明祭父母

养儿一女三兄弟,
劬累悉心家教严。
爱绣朝霞晨去露,
情编夕照晚归寒。
任劳无怨烛消尽,
随苦多添雨润甘。
今在天堂千万里,
清明扫墓念亲安。

陶醉山良

山青水绿盘光崀，
梨树修竹岑蔚样。
引凤腾巢艺旅兴，
乘龙落户文游广。
光崀琼玉柴烧成，
器皿乾坤窑变旷。
无釉飘灰韵味禅，
天生色彩皆惊靓。

深山赴宴

遥望梯田路满霞,
青苔茅草野藤花。
穿云跨壑清溪过,
入翠迎风小院达。
麦酿甘纯高度酒,
泉烹碧绿润香茶。
千盅厚谊干难敬,
阔论星空卧月牙。

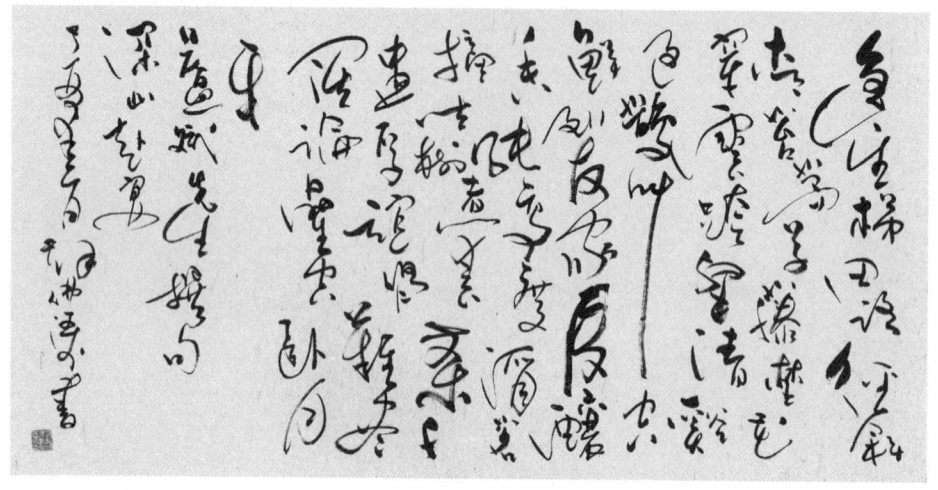

中国手指画研究会常务理事、中国书画协会会员苏佛涛先生书

高中入学五十周年同学聚会

孔庙高中入课堂,
先师殿右教学房。
礼门日日整装过,
义路朝朝步履忙。
圣地读书翻万卷,
斯文得句获千章。
光阴五秩匆匆去,
最忆青春那脸庞。

黄龙寺

寺下泉声唱不休，

一汪碧水任君游。

仰蛙①变换相成趣，

自蝶②轮回共得悠。

年少骑行来嬉闹，

老来车往去潜浮。

多情最是此清渺，

喷涌翻腾岁月柔。

---

① 仰蛙：指仰泳、蛙泳两种泳姿。
② 自蝶：指自由泳、蝶泳两种泳姿。

游中草药种植基地

万绿丛间上榭台,
东西两海①入眸来。
周边种药青山翠,
遍岭耕耘黄菊开。
举目清新舒惬意,
归心闲适荡尘埃。
花香百味皆除病,
健体安神道地材。

① 两海:指长桥海、大屯海。

诗人小康

挥诗不为稻粱谋,
酒食衣行勿虑忧。
随意春风书大地,
多情梦雨赋高楼。
登山戏水烹茶暖,
踏雪观花入画稠。
海晏河清江岸绿,
生平气象贯神州。

庆祝结婚四十周年

陌上知青遇靓容,

婚姻圣殿宝石红。

瓢盆锅灶清声远,

酱醋油盐爽味浓。

岁月催姑成老太,

光阴带弟变诗翁。

平平淡淡经风雨,

喜喜深深举酒觥。

北京冬奥会

宇宙寰球地小村，
星辰日月照乡人。
五环冬奥燕京聚，
四海冰情世界温。
虎斗龙争拼鼎冠，
鸢飞鹤舞抢乾坤。
满天春雪飘如玉，
携手同袍共赴奔。

虎年咏虎

空山一啸震八方，
百兽惊心惧怕藏。
矫健英姿雄视月，
江湖霸气帅称王。
威风欲试丘林踞，
壮志无敌天地扬。
闪电扑食拼获猎，
春来添翼虎行昌。

律诗

彩色时光

岁月如歌似水流,
流经世态未曾修。
修身养性添高雅,
雅气清心少俗愁。
愁绪飘零伤凤体,
体行慷慨利龙头。
头名业绩超弯过,
过后开颜度晚秋。

美丽新农村

蠲赋乡村日子红，
公粮免上万千拥。
补贴土地田园茂，
助力桑麻草木浓。
道路青石铺到院，
洋房碧瓦起于嵩。
山青水笑欢腾唱，
赞美脱贫致富隆。

律诗

建水十七孔桥

塔冲河上水迢迢，
流汇泸江阔浪高。
弘历年间三砌洞，
旻宁时代再添桥。
飞檐楼宇石头路，
古壁烟霞马迹槽。
镜亮斑驳尤厚重，
长龙横卧占风骚。

忆丫沙底瀑布温泉

小溪蓊霭气清新，
壑箐幽深碧绿林。
院内氤氲池上冒，
墙边紫翠帐前侵。
氡泉笑靥舒筋泡，
孔雀欢心诵唱吟。
梅艳身姿今不在，
婵媛落雁哪方寻？

律诗

世外桃源坝美村

舟行山脚疑无路，
喜见微光孔缝开。
自有奇心穿洞过，
忽然艳景入春来。
金盆坝子缤纷地，
玉碗农庄翠绿台。
纯净民风当厚重，
桃源世外久徘徊。

辛丑年云南春晚观感

春歌献瑞迎金牛,
紫气花红闹九州。
笑语千家颜灿灿,
欢娱万户乐悠悠。
凄风苦雨流经去,
皓月甘泉如许留。
小女主持赢赞誉,
方家荟萃亮金喉。

律诗

酒醉歌

相邀好友酒千觥,
敢立潮头赛日红。
醉与方家舒感慨,
恍随壮士逗英雄。
豪情万丈吟新月,
意气高天叹古松。
若是无人担重任,
哪来盛世杜康浓?

父 亲

少苦从军战四方,
硝烟铁骑屡枪伤。
初心陷阵消敌迫,
笃志冲锋灭列强。
建设国家躬尽瘁,
栽培儿女乐操忙。
相携慈母同舟渡,
勤俭持家盖院房。

老 师

识高浩气身为范,
受教学员育俊才。
三尺讲坛责任大,
五车学富勇登台。
播知布道如流水,
解惑消疑似雾开。
亘古师形衣帽正,
凡言力做涌泉来。

高中毕业四十六年同学聚会

相逢毋诧不识颜,
未面多出四秩年。
历过沧桑披脸上,
史经坎坷挂头前。
酸甜苦辣皆尝尽,
喜怒哀愁也品完。
聚首临安情若故,
交心魂触梦仍连。

律诗

雨中漫步

烟雨蒙蒙树径游,
清新草木绿幽幽。
纷飞洗尽烦心事,
花落飘零静美稠。
山水缠绵情依恋,
彩虹辉映爱仍留。
鸳鸯茉莉香浓郁,
雾淡风云意亦柔。

茶

云雾深山霭岫蒙,
清溪沃土绿葱葱。
明前硕嫩精绒翠,
雨后苗条怒放浓。
香气新鲜醇久烈,
舌唇甘润咽无穷。
世间最要光宗事,
淡看人生一盏中。

红河州一中游泳馆

少小一中斩浪游,
鸿鹄大志苦为舟。
飞鱼纵壑争稀贵,
出海蛟龙竞自由。
至善泳星人若水,
无瑕新秀体德优。
山花怒放春来到,
猎猎升旗夙愿酬。

贺景迈山荣获全球首个茶主题世界文化遗产

世界茶遗景迈山,
中国普洱众民欢。
蜂飞草木丛林闹,
鸟语藤萝古树喧。
万叶蜜香兰馥郁,
千峰花气雾缠绵。
清悠脑静心无骛,
只为烹茗已似仙。

师生情缘

教学相长化蝶兰，
岁流鱼水未阑珊。
互帮跨海严冬热，
同渡浮江盛夏寒。
时过卅三君似玉，
境迁八九谊如磐。
星空闪耀千姿彩，
不及我情花叶繁。

建水一中毕业五十周年高中同学聚会感怀

时光流过五十年，
沧海桑田一瞬间。
莫道如今垂暮晚，
何妨同作彩霞天。
珍惜缘分微醺醉，
留恋相思尽放欢。
携手轻歌狂曼舞，
举杯邀月续新篇。

追荷闲云

◆ 杂言诗 ◆

好友如茶

茶韵长悠悠,
玉壶情自流。
品茗香如故,
与君度春秋。

杂言诗

中国书法家协会理事、云南省书法家协会秘书长朱兴贤先生书

再到个旧丫沙底

浪漫丫沙底,
归真本自奇。
痴蝉鸣越静,
孔雀惹人迷。

干　杯

友谊长在,
亲情有香。
吞干四海,
饮断三江。

大冲口村头万年青树

村头大树郁森森,
蔽日遮阴半个村.
盘错根节当椅坐,
沟边屹立是村魂。
欣她葱蔼常垂碧,
护佑乡亲梦变真。
荏苒千秋何虑老,
娇娇嫩叶又一春。

杂言诗

入 眠

篁竹瑟奏弹，
静谧梵音传。
脑里除杂念，
心清好入眠。

豪 饮

挚友千杯少，
生疏半盏多。
亲朋相聚会，
郑玄欠三钵。

非想而得

只要心清闲，
胜过桃花源。
山峰云海坐，
意象到身边。

相 遇

梦见与君如故初，
情依绚烂旧房屋。
庞红眼润丝丝语，
细细流淌话无数。

彝山竹海

竹海深处品香茗,
抛开浑浊身自清。
从今不念喧闹处,
独住篁中留静宁。

苦与乐

知青岁月泥泞苦,
薯片高粱当晌午。
净饭葱椒为饕餮,
开心海量酒一壶。

梯田人家

家住白云山水间,

拿鱼摸虾在梯田。

野生茶树村边绕,

稻谷飘香进家园。

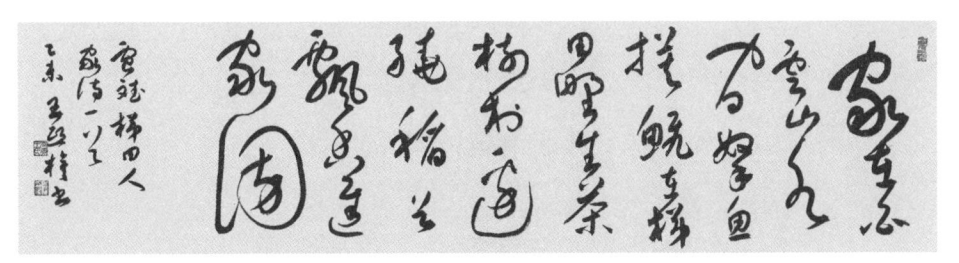

杂言诗

中国书法家协会理事、云南省书法家协会副主席王熙权先生书

书法家王金福先生书

游　泳

竹林碧水康健园，
各异游姿显悠闲。
王宁我等游春秋，
轻松快乐身心恋。
呼吸吐纳阳光照，
划臂蹬腿滚身翻。
心思如水无奢求，
泳起清新体安然。

笔之用

书写千秋万文章，
画绘五洲四大洋。
笔下生花吐浓彩，
墨迹兰草出淡香。

冬　泳

立冬飘雨水中游，
蛰物冬眠我不休。
别样风情胜红叶，
潇洒烂漫诗意稠。

原石屏县县长、书法家王正华先生书

上 坟

清明时节悼祖先，
梨花飘落念先贤。
子孙后代坟前跪，
墓地无处不生烟。

遇 见

人生遇见是诗歌，
美似中彩幸运得。
有缘同桌斟满酒，
开心海量干流河。

雪 泳

北国风情雪花飘，

池傍竹树盖雪摇。

游在水中傲视雪，

倾情落雪各风骚。

原石屏县县长、书法家王正华先生书

早春桃花开

桃花初开春意浓,
半合似开淡粉红。
宛如簇群美少女,
羞涩含笑沐春风。

原红河学院党委书记、书法家马文奎先生书

圆通樱潮

樱花似火艳妖娆，
妩媚点头灿烂笑。
夙愿人生樱如虹，
平凡事业涌樱潮。

罗平油菜花海

田无半块没金色，
县不一村未黄花。
瞭看油花千万朵，
蜂飞蝶舞美如画。

鸟不觉晓

窗前飞下八哥鸟,
恳请相邀此筑巢。
承诺安全供水膳,
可惜鸟儿不觉晓。

眷 恋

泳起阳光躺岸边,
梅花靓女遇前缘。
惊喜望外哭声怨,
不返天宫留人间。

咏抚仙湖

人船画里游,
镜中度春秋。
夙愿如水净,
怡然乐悠悠。

雨游莲花池

莲花池里听雨音,
三桂战马啸埃尘。
怒为红颜虽远去,
圆圆传奇醉今人。

梯田朋友

深山有朋友,
腊肉甑饭香。
纯净养心地,
梯田秀金黄。

临安古宅

听紫云中古风纯,
建水人家有乾坤。
豪气斯文今犹在,
千秋惠历焕青春。

彩莲河边

彩莲河边练太极，
鲜花绿草海鸥嬉。
行云流水疏经络，
日照抽丝去劳疾。

咏野花

天生旷野无人栽，
拂面春风香气来。
脊土悬崖均遍处，
坚韧命旺茂花开。

蝴蝶谷古树茶

烟萝浩瀚野生茶，
岑蔚十里无人家。
径大沧桑千年树，
香甘耐润胜无他。

空中云马

仰卧草坪看卷舒，
空飘骏马婵媛出，
两相对望喜极泣，
云散白驹去向无。

问　月

莫逆亲朋常酌酒，
心交致远道义纯。
樱花树下仙中醉，
问月知音是何人。

建水美食

建水美食一条街，
八方大众闻香来。
饕餮盛宴好味道，
民歌小调酒开怀。

谢恒与友

紫陶大师笑口开,
痴心陶友久徘徊。
梯田鱼鸟美无尽,
迷醉诗翁喊酒来。

寺中茶

山间妙高寺,
泉水缝中流。
净地品茶道,
红尘忘忧愁。

美

元阳

知青俩

相聚甚难

约多依树旁

老虎嘴梯田上

气势磅礴天宇撼

青山水疃放华章

今百炼成钢

吾侪业兴旺

与君同享

此时光

山花

漫

生 肖

子鼠居家必富粮,
丑牛勤奋有金山。
寅虎声威镇百兽,
卯兔嫦娥艳群芳。
辰龙腾飞新日月,
巳蛇狂舞业辉煌。
午马扬鞭坦途越,
未羊丰登岁吉祥。
申猴蟠桃献福瑞,
酉鸡报晓迎春光。
戌狗忠贞情义重,
亥猪喜盈财满囊。

孝　顺

百善孝先反哺心，
怀胎十月跪乳情。
如山父爱恩德重，
母宠三生报效轻。
儿女南北都挂念，
千山万远在瞳睛。
悲欢聚散皆牵动，
挫败成功触神经。
父母龙钟霜染发，
有朝颤抖路难行。
汝当紧握双亲手，
就像初牵过桥亭。

元阳梯田

云上梯田仙似景，
如毯草绿田铺金。
朝阳流云编五彩，
辉映晚霞织河银。
巧匠神工天梯造，
绘得山川饱含情。

杂言诗

云上梯田伟似景如毯草绿田铺云朝阳海云绵百彩辉映晚霞织河银巧匠神工云梯造胜河山何能尽言情

虞职之诗元阳梯田
丁酉夏月李宏祥书

书法家李宏祥先生书

乡　愁

古城老家，
黄梨开花。
葡萄架下，
藤椅杯茶。
家人来聚，
汽锅鸡鸭。
烧香祭祖，
与仙对答。

花　落

落花愁添，
秋叶凄婉。
疾风知劲，
骤雨晓颜。
相思半夜，
惆怅三更。
闪烁星辰，
伴我无眠。

杂言诗

草 原

蓝天翠地,
盈草依依。
河镶碧玉,
心驰远兮。
牛羊欢喜,
骏马蹄疾。
恋人何栖?
相思何寄?

词

摊破浣溪沙·云南梨花谷

个旧加级寨探幽,千花万雪挂枝头。远眺银装铺满谷,净悠悠。

玉素多情何处梦,馨香飘溢遍山沟。硕果秋时梨水溢,润甜喉。

鹧鸪天·寒梅

白玉繁枝脸润红,仙姿含笑露羞容。秋波腊月三冬暖,春水花时五色浓。

金火焰,凤天龙,晶莹剔透喜相逢。雪梅镶嵌心依恋,情谊交辉灵互通。

满江红·贺红河州委党校建校七十周年

七秩春华，秋实硕，流金岁月。霞万丈，红河锦绣，党旗风猎。敬岗深钻研马列，爱辞博览含心血。正衣冠，信念驻心灯，煌煌烨。

莘学子，无数届。跟党走，坚如铁。汗浇桑梓地，富乡兴业。校貌楼亭园巨变，师容玉素文超越。梦远兮，使命为人民，开新页。

鹧鸪天·单相思

人面梅花一朵妍，灵汪大眼暗波传。披肩长发飘如瀑，入梦娇身走若仙。

花可发，月能圆。只叹深爱却无缘。人间命运多愚弄，总把隆冬当夏天。

鹧鸪天·退休

卸任春风回到家。轻松自在享闲暇。亲朋缱绻常欢聚,笑语缠绵品酒茶。

游海角,走天涯。山川异域赏繁花。修身养性诗歌赋,得道安康度岁华。

浣溪沙·部分小学同学毕业四十九年后合影

念旧儿时同橙窗,小学毕业各奔忙。中秋月夜聚家乡。

门外分明非识面,桌前笑问孰何方?三张合影锁时光。

浣溪沙·童年情

孩少友情翠玉珍,天然本性爱心纯。成年缸染色非真。
无奈江湖多幻变,况逢善恶困区分。幼时发小信斯人。

跋

卢 斌

古典诗歌是中华民族文化宝库中璀璨的瑰宝。诗词讲平仄、对仗、声律，读来悦耳动听、朗朗上口、易记于心；诗词抒情言志，富有哲思，读来启迪心智，给人智慧，引人深思。

我写诗缘于1978年秋，至今已经46年了。46年来，我共创作出396首诗词，这些诗词也许在别人看来是一把放在墙角的不起眼的扫帚，而在我看来它们都如同千金一样珍贵，正所谓"千金敝帚是我诗"。如果每一首诗词都是一颗珍珠的话，那么裒辑而成的这本诗集就是一串美丽无比的珍珠项链；如果每一首诗词都是一朵小花的话，那么裒辑而成的这本诗集就是一座多姿多彩、生机勃勃的百花园；如果汉字为根、诗为枝叶，那么裒辑而成的这本诗集就是一棵青翠欲滴、茂盛葱郁的参天大树。

写诗于我而言，既是一场愉悦的盛宴，也是一段艰辛的跋涉。每当完成一首令我心满意足的作品时，那些创作过程中难以入眠、殚精竭虑的疲惫便会瞬间消散无踪，身心随之变得无比愉悦与轻松，我沉醉其中，尽情享受着那份美好的感觉。

诗既源于生活又高于生活。它不是现实生活简单的复制品，而是将现实生活升华后的情感花絮，是诗人以诗的方式接受现实，通过诗人独特的艺术感受，去摄取生活中那些诗的元素，并调动自己的联想和想象，在那些元素中注入灵性的感悟，对那些元素进行发酵，进而把诗酿造出来。

诗词创作不能无病呻吟、闭门造车，否则读之无味，要走进生活、体验生活、拥抱生活、感悟生活，才能从生活中得到灵感，创作出质量较高的诗词；要用通俗易懂，平白如话的语言，白描成诗，避免成为故作高深的"掉书袋",写出艰涩怪僻、让人读不懂的作品。

当你把诗词融入自己平凡的生活,生活就变得灵动有趣起来,让你对未来充满美好的期待,也就有了去追寻诗与远方的勇气。

缀玉联珠,终成诗集。《追梦闲云》即将付梓,借此机会,衷心感谢中华诗词学会副会长、《中华诗词》杂志社主编、著名诗人高昌先生为《追梦闲云》作序以及给予的指导。感谢原《中华诗词》副主编宋彩霞女士、《滇南诗词》主编黄良全先生、红河州演讲学会名誉主席后卫鸿先生、《求索诗词》主编白永春先生在"诗路"上给予的支持与帮助。

同时感谢原红河学院党委书记马文奎先生、云南省书法家协会副主席陈鸿翎先生、中国书法家协会理事王熙权先生、中国书法家协会理事朱兴贤先生、云南省书法协会理事谢恒先生、原红河州书法家协会主席田光泽先生、全日本华人书法家协会副会长段冰先生、原石屏县县长王正华先生,以及著名书法家黄新国先生、苏佛涛先生、王金福先生、彭万光先生、李宏祥先生为部分诗词书写书法作品,使诗集锦上添花。感谢段冰先生为书名"追梦闲云"题字。

感谢夫人谷琼芬的全力支持,让我有充裕的时间静心写作,感谢女儿卢凌杰为本书的编辑策划付出的努力与心血。